SOFÍA MARTÍNEZ

Un paseo de compras problemático

por Jacqueline Jules

ilustrado por Kim Smith

PICTURE WINDOW BOOKS
a capstone imprint

Publica la serie Sofía Martínez
Picture Window Books, una imprenta de Capstone,
1710 Roe Crest Drive
North Mankato, Minnesota 56003
www.mycapstone.com

Library of Congress Cataloging-in-Publication Data
Names: Jules, Jacqueline, 1956- author. | Smith, Kim,
1986- illustrator. Title: Un paseo de compras problemático
/ por Jacqueline Jules ; ilustraciones de Kim Smith. Other
titles: Shopping trip trouble. Spanish Description: North
Mankato, Minnesota : Picture Window Books, a Capstone
imprint, [2018] | Series: Sofia Martinez en espa?nol |
Summary: The whole Martinez family is shopping for
back-to-school supplies, and Sofia is excited by the colorful
backpacks and fancy notebooks--but excitement turns to
alarm when four-year-old Manuel disappears. Identifiers:
LCCN 2017055134 (print) | LCCN 2017057467 (ebook) |
ISBN 9781515824718 (eBook PDF) | ISBN 9781515824510
(hardcover) | ISBN 9781515824619 (pbk.) Subjects: LCSH:
Missing children--Juvenile fiction. | Hispanic American
children--Juvenile fiction. | Hispanic American families-
-Juvenile fiction. | Shopping--Juvenile fiction. | CYAC:
Missing children--Fiction. | Hispanic Americans--Fiction.
| Family life--Fiction. | Shopping--Fiction. | Spanish
language materials. Classification: LCC PZ73 (ebook) |
LCC PZ73 .J8366 2018 (print) | DDC [E]--dc23 LC record
available at https://lccn.loc.gov/2017055134

Resumen: Es momento de ir a compar materiales para
la escuela. Sofía está muy entusiasmada con sus nuevos
materiales, pero el entusiasmo se convierte en pánico
cuando su primo Manuel se pierde. Con toda la familia
buscándolo, Manuel no estará perdido durante mucho
tiempo.

Diseñadora: Aruna Rangarajan
Directora artística: Kay Fraser

Impreso y encuadernado en los Estados Unidos de América.
092020   003808

CONTENIDO

CAPÍTULO 1

Aventura con mochilas

Sofía se daba prisa para seguir el paso a sus dos hermanas mayores, Elena y Luisa. Y ellas trataban caminar al ritmo de la mamá, la tía Carmen y los cuatro primos de Sofía.

Toda la familia iba a hacer las compras para la escuela. Y era un grupo grande.

—Quédense cerca —dijo la tía Carmen—. No quiero que nadie se pierda.

Primero, fueron al pasillo de las mochilas. Había muchísimas, desde el techo hasta el piso.

—¿Elegiré una con dibujos de fútbol o de béisbol? —preguntó Héctor.

—¿Cuál elegiré? ¿La que tiene rayas de cebras o la de flores? —se preguntaba Elena.

—¡Yo quiero dinosaurios! —dijo Alonso.

—¡Miren esa! —gritó Manuel.

Señalaba una enorme mochila con manchas de leopardo.

—Pero tú estás en preescolar —le dijo Héctor a su hermano menor—. Esa es demasiado grande para ti.

—No, no lo es —protestó Manuel.

—Es un poco grande —dijo Sofía—. Tal vez deberías elegir otra.

—Bueno —dijo Manuel, bostezando. Estaba demasiado cansado para discutir.

Justo en ese momento Sofía vio una mochila verde brillante. Tenía un hermoso diseño de plumas.

—¡Plumas de pavo real!

—gritó—. ¡Perfecto!

—¡Vamos! —dijo la mamá—.

Tenemos que comprar más cosas.

CAPÍTULO 2

Manuel desapareció

Sofía se entusiasmó cuando vio todos los hermosos cuadernos.

Preguntó:

—Mamá, ¿cuántos puedo llevar?

La mamá miró la lista de materiales escolares.

—Tres.

¡Tres cuadernos! Eso quería

decir que podría llevar el

multicolor, el plateado y el verde.

La mamá leía cada cosa que estaba anotada en la lista. Todos estaban ocupados eligiendo sus materiales.

Sofía se detuvo y se puso a mirar a su alrededor. Le parecía que algo no estaba bien.

Contó a los niños. Había tres primos y dos hermanas. Tendrían que ser siete niños, no seis. Los volvió a contar. ¡Ay, no!

—¡Manuel! —gritó Sofía—. ¡No está!

—¿Dónde está mi pequeño Manuel? —gritó la tía Carmen.

La familia recorrió toda la tienda. Todos gritaban el nombre del niño perdido.

Corrían tan rápido que Héctor tropezó con Alonso, y Alonso chocó contra un estante de crayones y frascos de pintura.

¡Los crayones y los frascos rodaron por todas partes! Sofía,

Héctor y Alonso intentaron poner todo en su lugar, pero era un gran desastre.

Una empleada de la tienda se acercó a ellos.

—No se preocupen. Llamaré a alguien para que me ayude —les dijo.

—Gracias —dijo Sofía.

Su familia seguía buscando a Manuel. Estaban todos muy preocupados.

Entonces, oyeron una voz por los altavoces. Eso le dio a Sofía una idea.

—¿Podemos pedirle a la señora que habla por el altavoz que nos ayude a encontrar a Manuel? —preguntó.

—¡Claro! —dijo la tía Carmen—. Vengan conmigo.

CAPÍTULO 3

De regreso
a las mochilas

—¡Atención! Se ha perdido un niño de cuatro años. Tiene cabello negro y lleva una camiseta azul. Acérquense al frente de la tienda si lo han visto.

Después del anuncio, un señor mayor se acercó a ellos.

—Yo vi a un pequeño en el pasillo de las mochilas —dijo—. Tenía cabello negro y una camiseta azul.

—¡Gracias! ¡Vamos! —dijo la mamá.

Cuando la familia llegó a ese sector, solo vieron la enorme pared llena de mochilas. Pero Manuel no estaba.

Mariela, la bebé, comenzó a llorar. La tía Carmen le acarició la mejilla.

—Ya sé, es hora de tu siesta —dijo.

Mientras la tía consolaba a la bebé, Sofía se dio cuenta de algo.

—Para Manuel también es la hora de la siesta —dijo.

En ese momento vio que, en la fila de las mochilas de abajo, algo se movía. Sofía quitó una de las mochilas. Manuel estaba debajo, profundamente dormido.

La tía Carmen lo levantó.

—¡Me asustaste!

Todos se reunieron junto al pequeño para abrazarlo. Él se frotaba los ojos.

—Quiero ir a casa —dijo.

Al volver a casa, almorzaron todos juntos. Cuando terminaron de comer, Sofía preguntó:

—¿Y los materiales para la escuela?

La mamá se agarró la cabeza.

—¡Dejamos todo en el carrito de compras de la tienda! —dijo.

—¿Podemos volver? —preguntó Sofía.

—Mañana —dijo la tía Carmen—. Estoy demasiado cansada ahora.

—Sí, mañana —estuvo de acuerdo la mamá de Sofía.

—¿Y si alguien se lleva las cosas que elegimos? —preguntó la pequeña.

Elena agregó:

—Por favor... Mis cuadernos de mariposas eran tan hermosos...

—Yo quiero la caja de lápices con el tiburón —dijo Héctor.

—Y a mí me encantó esa mochila con dibujos de plumas —dijo Sofía.

Todos recordaban lo mucho que les llevó elegir esos materiales.

La mamá suspiró y tomó su cartera.

—¡Vamos!

Sofía fue la primera en salir de la casa. Manuel la siguió. Ya estaba listo para salir otra vez.

Exprésate

1. ¿Crees que debieron castigar a Manuel por apartarse del grupo? ¿Por qué? ¿Por qué no?

2. ¿Crees que Manuel se asustó? ¿Por qué? ¿Por qué no?

3. ¿Sabías lo que iba a suceder? Relee el cuento y descubre al menos dos pistas que te ayudaron a adivinar.

Escríbelo

1. Imagina que eres Sofía. Escribe una entrada de diario sobre tu día.

2. Haz una lista de diez cosas que necesitas para la escuela. Luego agrega una más que te gustaría tener para las clases.

3. Escribe tres oraciones sobre compras que tengan alguna palabra usada en el cuento.

Sobre la autora

Jacqueline Jules es la premiada autora de veinticinco libros infantiles, algunos de los cuales son *No English* (premio Forward National Literature 2012), *Zapato Power: Freddie Ramos Takes Off* (premio CYBILS Literary, premio Maryland Blue Crab Young Reader Honor y ALSC Great Early Elementary Reads en 2010) y *Freddie Ramos Makes a Splash* (nominado en 2013 en la Lista de los Mejores Libros Infantiles del Año por el Comité del Bank Street College).

Cuando no lee, escribe ni da clases, Jacqueline disfruta de pasar tiempo con su familia en Virginia del Norte.

Sobre la ilustradora

Kim Smith ha trabajado en revistas, publicidad, animación y juegos para niños. Estudió ilustración en la Escuela de Arte y Diseño de Alberta, en Calgary, Alberta.

Kim es la ilustradora de la serie de misterio de nivel escolar medio *The Ghost and Max Monroe*, el libro ilustrado *Over the River and Through the Woods* y la cubierta de la novela de nivel escolar medio *How to Make a Million*. Vive en Calgary, Alberta.

Aquí

no termina la DIVERSIÓN...

- Videos y concursos
- Juegos y acertijos
- Amigos y favoritos
- Autores e ilustradores

Descubre más en
www.capstonekids.com

¡Hasta pronto!